Published in: Durham, NC USA.

Library of Congress Control Number: 2020922354

Parris-Moore, Kira (2020). Carrie, the Photographer (Kira Parris-Moore). Durham: Books2Inspire.

ISBN: 978-1-7344374-8-5.

Printed in the United States of America.

...

Escrito por
Kira Parris-Moore

Ilustrado por
Lilith Valdivia

Carrie, la fotógrafa

Le dedico este libro a mi amiga de la infancia: Carrie. Gracias por enseñarme a apreciar cada momento y a ver la aventura en lo ordinario. Cambiaste mi vida para siempre. También este libro es dedicado a cada "Carrie" allá afuera que esta luchando para encontrar amor propio y aceptación. Lo lograrás, lo prometo.

– Kira

Le dedico este libro a Den y Nico. No olvidé mi promesa, son muy especiales para mí. Esto también va para todas las hermosas mujeres que tengo muy cerca de mi corazón, espero que siempre puedan ver lo hermosas, valiosas y maravillosas que son sin importar qué: Lin, mami, Majo, Martha, Vale y Nancy. Las amo.

– Lilith

Mi prima Carrie es una chica hermosa.
Es inteligente, talentosa y muy simpática.
También toma fotografías maravillosas.
Ella es una fotógrafa profesional.
Su actividad favorita es tomarle fotos a la gente.
Lo hace muy bien.
Tanto que fue contratada para tomar fotos para
revistas de alta costura.

Ella trabajaba con modelos.
Hermosas modelos.
Increíblemente hermosas.
Eran altas.
Y muy, muy delgadas.

Carrie nunca se había considerado fea,
pero tampoco bonita.
De cualquier forma, una cosa era clara:
no se parecía en nada a ellas.
Sus mejillas eran más carnosas.
Su vientre estaba más abultado.
Sus muslos eran más grandes.
Sintió que le vendría bien perder un poco de peso...
quizás mucho peso.

Así que dejó de comer.
Empezó a hacer mucho ejercicio.
Carrie se veía muy bien y la gente
hacía comentarios sobre cuánto peso había perdido.
Entonces perdió aún más.

Perdió tanto peso que empezó a verse como más que piel y huesos.
Eventualmente terminó en el hospital.
Los doctores dijeron que padecía de un trastorno alimenticio.
Su nombre era anorexia.

Carrie no quería escuchar a nadie.
Ni siquiera a sus padres que le suplicaban que comiera.
Ella no podía evitarlo.
Deseaba tanto ser delgada.
Así que siguió sin comer.

Un día conoció a una chica llamada Cheyenne
mientras asistía a una terapia grupal con los doctores.
Cheyenne tenía mejillas grandes y gordas.
Caderas redondeadas.
Una cabellera que llamaba la atención.
Igual que su personalidad.
Estaba llena de vida.
Cheyenne la acogió y rápidamente se volvieron amigas.

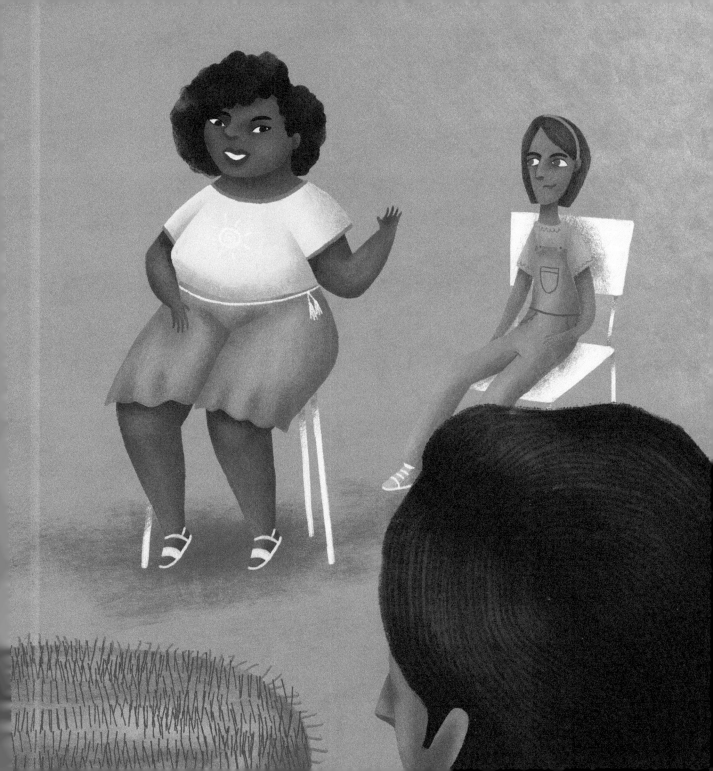

Cheyenne le contó su historia sobre su lucha con el peso.
La llamaban gorda.
Le decían que era fea.
Nunca sintió que era suficientemente buena,
hasta que comenzó el programa para tratar trastornos alimenticios.
Aprendió a amarse tal y como era.

Entonces, Carrie también aprendió a amarse,
y en vez de enfocarse en lo que no tenía
se enfocó en todo lo que la hacía especial.

Sus ojos almendrados.
Su oscuro y brillante cabello.
Sus pómulos altos.
Su amplia sonrisa.
Su belleza irradiaba desde adentro.
Se dio cuenta de que era hermosa.

Los doctores y sus amigos del hospital
la ayudaron a mejorar.
Empezó a comer de nuevo.
Tomaba mejores decisiones sobre la comida.
Comenzó a recuperar su peso.
Aprovechaba el tiempo para pensar en todas las cosas
que quería hacer cuando fuera dada de alta
y en todas las personas que quería ayudar.

Cuando en el hospital la dejaron ir a su casa, se le ocurrió,
Después de mucha reflexión, lo que quería hacer con su vida.
Quería ayudar a niñas como ella.
Así que, con ayuda de su amiga Cheyenne, iniciaron
un programa de tutoría para otras chicas que sufrían de inseguridades.
Querían que esas niñas no pasaran por lo que ellas pasaron.

Cada día, Carrie les tomaba fotos y se las obsequiaba a las niñas.
Ella capturaba no solo lo bellas que eran por fuera,
sino también su belleza interior.
De esta forma ellas también podían apreciar lo maravillosas y especiales que cada una
de ellas era.
Y que sin importar lo que dijeran,
Siempre habría alguien que creía que eran hermosas.
También especiales.
Tal y como eran.

Mi prima Carrie.

Ejercicio de tarjetas de afirmaciones positivas

Las tarjetas de afirmaciones positivas son una buena herramienta para estimular la auto confianza y auto estima, ya que ofrecen un recordatorio visual acerca de todas las cosas que te hacen especial. Aquí está la cuestión, incluso si al principio tienes dudas acerca de alguna de estas cosas, una vez que practiques estas afirmaciones positivas en voz alta creer en ti se volverá algo natural.

Las afirmaciones positivas son una forma de entrenar al cerebro para para cambiar tu perspectiva y manifestar el futuro que deseas. Practica las afirmaciones positivas diariamente, ya sea al levantarte por la mañana o antes de irte a dormir en la noche, verás como te ayudan a mejorar tu estado de ánimo general.

Instrucciones:

Corta las tarjetas por la línea punteada. En las que están en blanco puedes crear tus propias afirmaciones positivas ya que estas funcionan aún mejor cuando vienen directamente de ti.

Valgo oro; necesito dejar brillar mi luz	Está bien equivocarse, así es como puedo aprender y crecer.	Lo mejor está por venir.
Lograré cosas grandes.	Esfuérzate sin importar lo difícil que se ponga la situación.	No soy insuficiente; mi poder no tiene límite.
Todo me es posible si lo creo.	Nací con un propósito.	Soy suficiente.

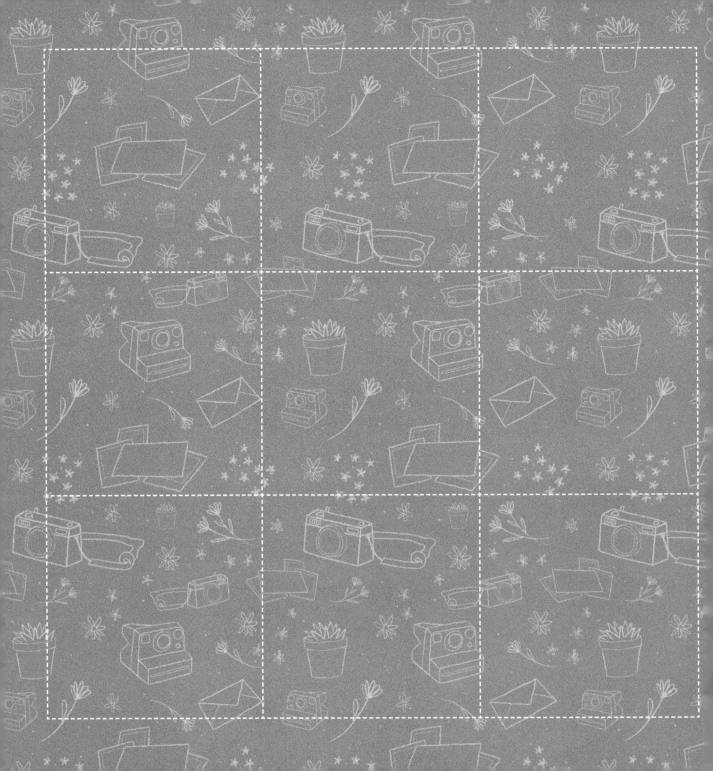

Puedo lograr lo que me proponga.	Soy irremplazable y eso me hace especial.	Yo puedo hacer la diferencia en este mundo.
Piensa buenas cosas y buenas cosas pasarán.	Todo lo que hago es maravilloso.	Soy más fuerte de lo que creo.
No merezco menos que cosas grandiosas.	Está bien si la gente no me entiende, mi grandeza no necesita explicación.	Soy una persona inteligente y talentosa.

He sobrevivido.

La duda es mi peor enemiga; ya no dudaré de mí.

Acerca de la escritora

Kira Parris-Moore es una terapeuta matrimonial y familiar con licencia, cuenta con más de 15 años de experiencia trabajando con la salud mental de niños y adultos, incluyendo 8 años de experiencia en administración de casos. Kira disfruta servir en su comunidad y trabajar con las personas desatendidas y desfavorecidas. Kira siente pasión por los temas multiculturales y ha participado en la facilitación de discusiones en el lugar de trabajo acerca de el trauma racial y la sensibilidad cultural. Cuando no está trabajando, ella pasa su tiempo con su esposo e hijos, de 9 y 5 años, escuchando audiolibros, caminando, o pasando el rato con amigos. Kira es la autora de otros dos libros para niños; *Trey the Chef*, un tributo a su hijo que tiene autismo y *Suzy the Dressmaker*, inspirado en una amiga, es un libro que trata sobre superar la ansiedad. Kira tiene la esperanza de que sus libros puedan ser un recurso para aquellos que sufren en silencio con problemas de salud mental y que sean de ayuda para desestigmatizar la salud mental en las comunidades morenas y latinas.

Para más información acerca de la autora y sus libros visita books2inspire.com. Por favor asegúrate de dejar una reseña para que otros sepan lo que piensas de sus libros.

Acerca de la ilustradora

Lilith Valdivia es una ilustradora mexicana enamorada de la riqueza de su cultura y siempre está en búsqueda de retratar las historias que a veces se olvidan y los cuentos contados por la naturaleza. Su estilo es simple pero al mismo tiempo está lleno de detalles que enfatizan la belleza de la vida cotidiana.

www.lilithvaldivia.com

Lightning Source UK Ltd.
Milton Keynes UK
UKHW051035151220
375215UK00002B/86